# No más bullying para mí

Una Guía Para Niños Sobre Cómo Lidiar Y Poner Un Alto A Los "Bullys"

I0868001

Uranito
www.uranitolibros.com
Impreso en India

**Queridos padres de familia maestros y adultos comprometidos con el bienestar de los niños**

Cualquier comportamiento hostil o no deseado que lastime a un niño por medio de palabras o actos, es considerado como bullying. Es intencional y repetitivo y puede ser físico o emocional. Puede ocurrir en cualquier lugar.

Los niños agredidos a menudo sufren de baja autoestima, depresión, ansiedad, soledad y algunos otros problemas de salud mental y física. De acuerdo con algunas investigaciones, estos niños también pueden mostrar bajo desempeño académico.

- El bullying es doloroso e inaceptable. Como padres de familia, profesores o cualquier adulto comprometido con el bienestar de un niño, hay mucho que se puede hacer para empoderarlo en caso de que enfrente este reto.
- Su hijo siempre debe sentirse seguro al hablar con usted. En caso de que sospeche algo inadecuado, intente no reaccionar en exceso.
- Evite hacer comentarios negativos que puedan hacer que el niño se sienta mal sobre sí mismo.
- Ayude al niño a reconocer cuando esté siendo víctima de bullying. Escúchelo y apóyelo.
- Anímelo a ser asertivo. Enséñelo a decir que no y a cuidarse al no involucrarse en actos violentos.
- Ayúdelo a entender que no es una debilidad alejarse de situaciones peligrosas.
- Si nada de esto funciona, haga equipo con sus profesores y otros adultos responsables para prevenir el bullying y establecer un ambiente seguro.

**Recomendamos leer este libro en compañía del niño para ayudarlo a entender lo que es el bullying y cómo puede enfrentarlo.**

# Los Bullys están en todas Partes

Puedes encontrar bullys en cualquier lugar. Podría ser un hermano, un primo lejano, un amigo de la escuela, o una pandilla de chicos malos del vecindario. Hay muchísimos niños que son el centro de atención de los bullys cada día. Esto puedo hacerlos sentir heridos, enfermos, tristes y solitarios.

Si tú eres víctima de bullying:

Recuerda que no hay absolutamente nada de qué avergonzarte.

Recuerda siempre que no es culpa tuya.

Confía en ti mismo. Puedes hacer muchísimo para evitar o cambiar la situación.

Nadie merece ser maltratado. Puedes hacer mucho para ayudarte a ti o a algún amigo que sea molestado muy seguido, si entiendes bien el mundo de los bullys y las formas de lidiar con ellos. Así es que sigue leyendo...

# Poder y atención

Los bullys no necesitan una razón para agredir a otros. Pero tú sí puedes entender por qué hacen lo que hacen. Molestar a otros niños los hace sentir más fuertes, más inteligentes y mejores.

La mayoría de las veces, los bullys vienen de familias en las que los adultos son violentos, siempre están enojados o gritando. Para ellos, gritar, golpear, decir cosas malas y estar enojados, es lo normal. Muchas veces, los bullys han sido molestados en sus hogares, así es que agredir a otros los hace sentir poderosos.

Hay veces en que los bullys molestan a un niño para llamar su atención o para evitar que otros niños los agredan a ellos.

En todo caso, ¡maltratar a alguien no está nada bien! Tú mismo puedes estar un día en una situación en la que tengas oportunidad de molestar a otros. ¡Prométete a ti mismo que no lo harás!

# El quién y cómo De los Bullys

¿Sabías que muchos artistas y personas famosas fueron agredidos cuando eran niños? Los bullys se fijan en cualquiera que sea diferente, muy bueno para algo o simplemente buena persona. También los niños que se asustan fácilmente, los que no tienen muchos amigos o los que tienen baja autoestima son sus víctimas. Aunque tú no seas ninguno de estos, un bully puede elegir molestarte solo porque no se le ocurre nadie más. Así es que, no sufras por creer que hiciste algo para convertirte en su objetivo. ¡No hiciste nada!

## Ataques de los bullys:

| Físicos | Sociales | Verbales | En línea o por teléfono |
|---|---|---|---|
| Pueden pegar, empujar, tropezar contigo, robarte o romperte cosas, jalarte el pelo, etc. | Pueden hacer chismes, excluirte de algunas actividades de grupo o asegurarse de que otros niños no se junten contigo. | Pueden decirte cosas feas y malas, hacer comentarios negativos sobre ti, amenazarte, etc. | Pueden mandarte mensajes con groserías, hacer comentarios negativos sobre ti en las redes sociales, hacerte llamadas de broma, etc. |

# Sal De su Camino

Hay algunas técnicas para manejar a los bullys. Empieza intentando salir de su camino.

Siempre que puedas, evítalos. Eso no significa que te escondas o no vayas a clases. Simplemente tienes que ser más listo que el bully. Por ejemplo, si alguien te ha estado molestando en el laboratorio de ciencias, asegúrate de que la próxima vez que vayas allí, te cambies de lugar y quedes lejos de él.

No respondas a los comentarios de un bully. No vale la pena. Sigue tu camino y no le hagas caso.

Trata de estar acompañado. Lleva a un amigo contigo o quédate cerca de la maestra para que no te moleste.

No tiene nada de malo evitar una situación siempre que puedas. Eso no te hace un cobarde. solo demuestra que eres más ingenioso.

# Déjalo ir

Cuando te sientas mal porque te molestan, solo relájate y piensa que es mejor dejarlo ir. No necesitas luchar contra un bully. Mejor has una lista de todas las cosas buenas que tienes, seguramente son muchas. No permitas que un bully te defina o diga lo que tú eres.

Construye confianza en ti mismo. Si tienes que trabajar en algo para sentirte mejor contigo mismo, ¡hazlo! Por ejemplo, si crees que necesitas estar en mejor forma, empieza a hacer ejercicio.

Nunca le demuestres tus sentimientos a un bully. Si estás enojado, cuenta hasta diez. Si estás nervioso, imagina que estás a salvo. Piensa que Dios siempre te está cuidando. Intenta hacerte sentir bien y a salvo tú mismo. Si estás alegre y en paz contigo mismo, lo más probable es que el bully no logre lo que busca y te deje tranquilo.

# Si es necesario, ¡enfréntalo!

Hay veces en que es necesario dar una respuesta firme a un bully. Párate derecho, ten confianza en ti mismo y pídele que pare. No le grites. Tu voz debe ser segura y confiada. Con tono firme dile "alto" o simplemente "déjame en paz".

Te sentirás muy valiente si te sientes bien contigo mismo. ¡Espero que lo hayas aprendido de los consejos anteriores!

Cuando te enfrentes con un bully, no lo golpees ni lo empujes. Si peleas con él, habrá logrado lo que busca, además de que podría ser peligroso. Tampoco le presumas de cosas que puedes hacer. No quieres que él se enoje más. El solo necesita saber que tú estás bien contigo mismo y que él no puede hacer nada para que te sientas mal.

# Finge que te estás Divirtiendo

Podrías engañar al bully para que crea que es poderoso y así te deje ir. ¡Solo diviértete un poco con él! Eso no quiere decir que te unas a él para molestar a otros niños.

Trata de estar de acuerdo con él de una manera divertida. Por ejemplo, si él dice, "¡eres tan estúpido!" simplemente sonríe y dile que estás trabajando en ello. Búrlate un poco de sus bromas e intenta divertirte con él. Lo más probable es que deje de molestarte si ve que no te afecta negativamente.

Pero esta estrategia no debe convertirse en una costumbre. Si crees que estás cayendo en la trampa de estar siempre de acuerdo con el bully, empieza a evitar la situación.

# Busca a un adulto confiable

Si has intentado todas las estrategias y el bully te sigue aterrorizando, platícalo con un adulto. Es importante que le cuentes a alguna persona mayor lo que está pasando.

Busca a alguien en quien confíes. Muchas veces, cuando un maestro interviene, el bully te deja en paz. Tiene miedo de que puedan castigarlo.

Molestar está mal. Decirle a un adulto no es hacer chisme. Puedes ayudar a un amigo que esté en problemas si se lo cuentas a algún adulto. Si te da miedo contárselo directamente, escribe una carta explicando lo que sucede.

Habla por ti o por tu amigo. Eso es ser valiente.

# La unión hace la fuerza

Ya sea que enfrentes o evites a los bullys, acuérdate que la unión hace la fuerza. Trata de estar siempre con tus amigos y nunca estar solo.

¡Puedes empezar un club! Los miembros pueden ser los chicos que siempre son molestados. Cada uno podrá estar seguro de que no deberá enfrentar solo a un bully. Busca a niños que no puedan defenderse solos. Los bullys casi nunca se meten cuando tienen que enfrentar a todo un grupo.

Es más fácil enfrentarlos y hablar con ellos cuando tienes apoyo. Piensa que puedes iniciar un programa Anti-bullying con la ayuda de tus maestros, padres y otros niños. Crea una red de apoyo y planea distintas formas de lidiar con ellos.

# ¿Qué Pasa Con los Bullys?

Podría sonar gracioso, pero tarde o temprano los bullys acaban metiéndose en problemas. Como generalmente son chicos difíciles, van perdiendo a sus amigos en el camino. Llega un momento en que los demás empiezan a verlos como son realmente. El poder que siempre quisieron tener no les dura mucho tiempo. El resto de los chicos sigue adelante, y ellos terminan solos en su mundo o tal vez con algunos cuántos amigos que son como ellos. No logran conseguir el respeto ni los buenos sentimientos de quienes les rodean.

Los bullys creen que sus acciones los hacen populares. Al principio podrán parecer simpáticos o graciosos. Sin embargo, nadie los respeta o los toma en serio y normalmente los ven como perdedores o renegados. Todo esto hace que la gente los evite.

# El Círculo Del Bullying

Bullying es cuando alguien es lastimado de manera repetida e intencional, ya sea por acciones o palabras. Es diferente de una broma ocasional. El bullying hace sentir mal a la persona y nunca es lo correcto.

Sin saberlo, todos jugamos un papel cuando alguien es agredido. Revisa el círculo del bullying para que identifiques cuál eres tú.

# Actividades

## Vamos a ver qué aprendiste de este libro:

**Escribe sí o no**

1. Cristal y Tina son buenas amigas. Cristal la llama "Tina la bañera". ¿Cristal es bully? ________
2. Los niños que se quejan de los bullys son débiles. ______
3. Los bullys no hacen daño a otros a propósito. ________
4. Los bullys tienen baja autoestima. _______

**Qué harías en las situaciones siguientes:**

1. Si ves que están haciendo bullying a alguien.

   ______________________________________________

2. Si ves que tu mejor amigo agrede a alguien.

   ______________________________________________

3. Cuando un grupo de bullys te hace sentir incómodo.

   ______________________________________________